ドキュメント詩

朝やけの歌

三郷(みさと)発――全国の「赤旗」配達の仲間へ

――玄間太郎――

本の泉社

目　次

ドキュメント詩
朝やけの歌

◎題字／苗村京子

朝やけの歌

2013年

おはよう！（5月3日）

おっ
きょうは、いい天気だ

起きぬけに窓を開けて空を見る
長年の習慣だ

おれは顔も洗わずに飛び出る
愛車（自転車）にまたがると
勢いよくペダルをこぐ

おはよう！

おれは清々しい空気を胸いっぱい吸って

埼玉県三郷（みさと）市早稲田から
同じ字を書く奈良県三郷（さんごう）町の
愛知県尾張旭市三郷（さんごう）町の
そして全国の
「しんぶん赤旗」配達の仲間に
敬意と親しみをこめて
朝の連帯のあいさつをおくる

全国の仲間たち
空は一つだ！

北海道の仲間よ
そっちはどうだい
テレビでは、みぞれが降っているというじゃないか
熱だすなよ
風邪ひくなよ
道路の凍結には気をつけろよ

こっちは春たけなわ
光ふりそそぐ五月晴れだ
わるく思わないでくれ

配達1軒目の団地の階段をかけ上る
おれはいつも思う
1軒目があってこそ32軒目がある
1軒目がなければ32軒目はない
そう、すべては1から始まる
すべては朝から始まる
歴史は夜、いや夜明け前につくられる

モンキー人形（5月18日）

木々が緑を濃くしている
植え込みの赤いツツジが目にしみる
バラも香っている
小鳥がさえずっている

いい季節の
いい朝だ

あれは？
団地の小路に転がっている
小さなかわいいモンキー人形
両腕を広げ、おれを見つめている

だれが落したのだろう
中学の女子か
いや小学生か
カバンに結びつけていたのだろう

どんな子かな
家族みんな幸せにくらしているかな
いやお父さんを病気で亡くしているかもしれない
さびしかったり悲しかったりしたときに
モンキー人形と話していたかもしれない

きっと泣きながら探しているだろう

おれは自転車を止め
荷台の細いゴムひもを解く
そのひもにモンキー人形を結び
目立つように桜の木の枝にぶらさげた

モンキー人形を探しているキミ
気づいておくれ
元気を出しておくれ

たたかいの始まりの朝（6月28日）

空はどんより曇っている
むしむしと湿度も高い
季節は梅雨

配達部数32部を確認し
1部を抜いて紙面を見る

1面のヨコ見出しが目に飛び込む
「『日本共産党ここにあり』の大奮闘で参院選躍進を」
タテ見出しは
「都議選の教訓生かし　やるべきことをやり抜こう」
全国決起集会の記事だ
報告する志位委員長

先を見すえたその目に自信の色が宿る
わが日本共産党は都議選で倍増の17議席、第3党になった
久方ぶりの大躍進だった

全国からの応援で
感動的なドラマがいくつも生まれたという
88歳になる、さいたま市の元特定郵便局長の話は泣かせた
「私は老いらくの恋の相手を見つけたのです。結党91年一貫して戦争に反対、
働く者、貧しい人々に手をさしのべる日本共産党が私の恋の相手です」
手紙でそう支持を訴えたのだという

おれはまぶたを熱くする

全国の配達仲間たち
都議選の勝利に熱烈な拍手を送ろう
たたかった多くの人々の元気、勇気、確信を

参院選へのプレゼントとして受け取ろう

おれたちは三郷市議選もいっしょにたたかう
参院選と同日投票だ
ビラ配布、ポスターはり、アンケート、街頭宣伝、電話…
広く、確実に、出足早く！
支部の仲間たちは梅雨空の下でがんばっている

なえむら京子議員は、５期20年
エネルギッシュな抜群の行動力と豊かな実績
他党派議員を圧倒している
だが、油断は大敵
みずからを引き締め、連日マイクを握っている

今朝、「赤旗」配達中の彼女と団地の曲がり角で行きあった
自転車のおれを目にすると
車の中から手をふった

「がんばろうぜ」
おれも手を上げた

団地の植え込みのアジサイや
ベランダのユリに
淡い陽光が差しはじめた

おれたちの
熱いたたかいの始まりの朝だ

全国は一つ、思いは一つ（7月18日）

連日の猛暑
灼熱（しゃくねつ）の太陽
頭がクラクラしてくる

1日ビラを配っていると腕が真っ赤に染め上がる
ペットボトルの冷水が熱湯になる
自転車のサドルが熱くて尻が悲鳴をあげる

一体なんという暑さだ
「暴力的」「狂乱的」な暑さ？
「暴力的」「狂乱的」
それは安倍自公政権を思わせる

「赤旗」18日付1面の見出しは
『比例は共産党』5議席必ず」
「大激戦・大接戦　残り3日」
参院選は最終盤に突入する
三郷市議選も待ったなし

全国と三郷の仲間たちよ
おれたちは
負けるわけにはいかない
暑さにも安倍政権にも

経済、原発、憲法、外交
日本共産党の、現実的で建設的な政策を
隅々まで広げに広げよう
といって、決して無理はいけない
暑さに負けるなといっても
熱中症になるほど選挙活動に熱中しては命が危ない

今日も35度を超えるという
とくに熟年の党員や後援会員には〝外出禁止令〟が必要だ

そんなことを考えながら配達していたら
「暑くなりそうね」
6丁目の読者T子さんが洗車をしながら声をかけてくれた
「選挙、応援しているよ。がんばって」
じわりとうれしさがこみあげてくる
〝声の全戸訪問〟でも
「都議選よかったね、その勢いでね」
とか
「ビラを見ているよ。安心安全って、本当はあんたんとこ(共産党)のことよね」
とか
「あたしは、昔から共産党が好きでね。ひとりでよく演説会にいったものよ。わかりやすくて勢いがある。だからずっと入れてきたけど、ここのところ負けてばかりいたものね。でも、今度はきっと大きく伸びるよ」
とか

「東京空襲で家を焼かれ、九死に一生を得た。戦争がどんなものか、安倍さんも維新の会の橋下さんも知らない。憲法9条を変えて戦争をしようなんてとんでもない。ここはやっぱり共産党さんでしょう」

話がはずむ。元気が出てくる

あと3日
ビラ、電話、朝夕の駅頭宣伝
やるべきことはすべてやりぬこう
「日本共産党」と「伊藤岳」（参院選）
「なえむら京子」「いなば春男」「工藤ちか子」「和田つかさ」（市議選）の名前を、人柄を、政策を大きく広げよう

悔し涙よりもうれし涙を
全国と三郷の仲間たち
あと3日がんばりぬいて
勝利の美酒を味わおう

◎ドキュメント

早稲田燃ゆ！　2013年夏（7月26日）

駅頭の朝

朝から太陽がカッと照りつけている。自転車でJR三郷駅に向かう。

午前6時半。

ジェジェッ（驚き）、やられた！　南口も北口も、すでに市議選自民党陣営のオレンジ色ののぼりが占拠している。日本共産党が端っこなんて、プライドが許さない。党早稲田前支部長のOさんが赤い自転車を止めるや、なえむら京子候補の場所取りをする。駅入り口の、それでもいい位置になえむら候補はすくっと立った。

「なえむら京子です」

よく通る、凛とした声が響く。

駅に吸い込まれる人々の波。

「がんばって！」

手を振る中年の女性がいる。走り寄って握手する男性もいる。

「憲法9条を生かす日本共産党」

「賃上げで景気回復を」

「原発再稼働も輸出もNO！」

党早稲田支部と後援会の仲間たちが、ビラを手渡しながら、なえむら候補への支持とともに参院選の政策を短く訴える。

毎朝さまざまな人々が三郷駅を乗り降りする。サラリーマンや病院通いの人、高校生…。今朝もあの20代前半の若いカップルが目の前を通った。新妻はお腹に新しい命を宿している。彼女は電車に乗ってどこへ向かうのだろう。病院か、あるいはまだ仕事をしているのかもしれない。別れがたいのか、ふたりは手を握ったまましばらくたたずむ。彼が妻のお腹に手をやり、なにかいたわりの言葉をかけている。初々しい素敵な朝の風景だ。けれど、現実がある。子どもが生まれたらどうするのだろう。三郷市は保育園の待機児童が多い、保育料が高い。二人で必死に働いても家計は火の車に違いない。若い二人よ。その苦しい思いと願いを日本共産党と、なえむら京子候補に託してほしい。

事務所

午前9時。

選挙事務所の玄関にあふれる靴、サンダル、雪駄。10、11、12、13…。きれいに揃えてある。きっとさりげなく揃える人がいるのだ。

フローリングの部屋では打ち合わせが始まっている。

「今日もがんばりましょう」

候補者カーの運行やビラ配布、電話かけなど前日までの到達を報告し、今日の行動を呼びかける選対本部長の川島登さん。いつもはにこにこ顔のこの人も、時々厳しい表情を見せる。選挙に入って畑のケアもままならないが、センターの炊き出し用にと朝早くキュウリやナス、ズッキーニを採って事務所に運んでくる。太陽と三郷の土の匂いがあたりいっぱいに広がる。

打ち合わせ中にも他党派の候補者カーが、ボリュームいっぱいに走りぬけていく。どの候補者も名前の連呼だけで、政策らしきことは言わない。

「さあ、始めましょう」

党東部南地区委員会から派遣されたなえむら候補の夫・光雄さんが野太い声をあげる。

法定ビラの束を抱えて出て行く人、後援会ニュース「江戸川のほとり」を手にする人、テレデーター名簿を前に受話器をとる人、知人に電話をする人、はやくも炊き出しの準備にかかる人…。事務所は次第に緊迫の度を加え、動きを加速してゆく。

若くはない。それでも走ろう、突っ走ろう、力の限り！　みんなそう思っている。同じ熟年なら他党派の熟年には絶対に負けない、という自負がある。体力において、この国の未来への展望、知力、仲間思いにおいて。

ビラ

ビラはみんなで座って折る。わいわいがやがや、おしゃべりしながら楽しく折る。ときおり笑い声が聞こえてくる。きっとユーモアある赤シャツの〝土手玉さん〟が話しているのだろう。

しかし、全戸配布となると1回約9000枚。気が遠くなる。だが、党員・後援会員のなかにはビラ折りのプロがいる。FさんやM夫人だ。これがすごい。正確に美しくスピーディに折りあげていく。まるで手品だ、一級の芸術作品だ。

応援にきてくれた吉川市の仲間たちと一緒に外へ出る。焼けつくような太陽。目がくらみ、町の風景がゆらゆら揺れる。猫がへたり込み、犬が舌を出してあえいでいる。

「自共対決クッキリ　あらゆる問題で建設的対案」

参院選最終版の様相を伝える法定ビラの見出しの上に汗がしたたる。

全戸配布は、団地や路地裏の家、平場の2階家、田畑周辺の農家…。自分の配布担当以外の地域にも行く。初めてのところは、時間がかかるが新鮮でもある。早稲田地域にもこんな一角があったのか。しゃれた建築の家もある。花に囲まれた家もある。古アパートもある。そこにひとり暮らしのお年寄りはいないだろうか、などと想像をめぐらせる。

一枚一枚丁寧(ていねい)に、しかしスピーディに配る。このビラ一枚で命を救われる人がいるかもしれない。がんばって一日5ラウンド配った仲間もいた。

後援会ニュース「江戸川のほとり」は、読者になってもらった人にのみ届ける。このニュースが大きな力を発揮する。なえむら京子議員が初当選した20年前から重視してきた活動で、毎回選挙の得票数を大きく左右する。「江戸川のほとり」は党支部と後援会の宝だ。封筒に入れ心をこめて一軒一軒届ける。

それにしても驚きだ。ビラが届くとその日のうちに折り、翌日には完璧(かんぺき)に配布完了している。この機動性、スピード。みんな20代の若さだ。

電話

マイ名簿(つながり名簿)による支持の訴えは容易だが、〝声の全戸訪問〟は苦手だ。得意な人はあまりいない。

定年退職して初めて市議選をたたかうおれも、電話は嫌いだ。電話のない国で選挙をしたいものだと常々思っている。相手の顔が見えない、年齢も家族構成もわからない、職業も趣味もわからない。ましては、どんな政治観をもっているのか皆目わからない。

各種名簿の名前が目に飛び込んでくる。「虎之助」「剛三」「岩造」……。いかにも怖そうな名前。ビビってなかなか受話器を握れない。どうしよう？ でもまあ、鬼や蛇じゃないだろう、同じ人間だ。おそるおそる電話番号を押す。

「応援しているよ、しっかりがんばれ」

「共産党しかないだろう」

などと言われると「ありがとうございました」。つい立ちあがって深々と頭を下げてしまう。

「なえむらさんに生活相談をした人らしい。こっちもうれしくなるよ」

なえむらさんは太陽のようだ、女神のようだ、という人がいたよ。いや、ほんとうに。

3人で電話をかける。いい反応も悪い反応も共有できるから心強い。

参議院選の経済、原発、憲法。そして市議選政策。関心をもって話を聞いてくれる人も少なくない。とくにお年寄りは戦争と憲法9条には敏感だ。ついつい長ばなしになる。

が、なかにはこんな相手もいる。聞いているのか聞いていないのか、無言が続く。最後に「…よろしくお願いします」。すると「お前らによろしくお願いされたくないよ」と怒鳴って、いきなりガチャーン。ちくしょう、なんて失礼な男だ、腹が立って仕方がない。なにくそと思って次の人の電話番号を押す。電話かけは、人を鍛える、とことん打たれ強くする。

そして思う。一期一会。この1本の電話が相手の人生を変えるかもしれないのだと。

炊き出し

汗だくでビラ配りから帰ってきた人や電話かけのひと段落した人たちが事務所に戻ってくる。誰もがまずは冷えた麦茶を一杯飲み干す。

「ごくろうさん、暑かったでしょう。さあ、たくさん食べてくださいね」

炊き出しチームの女性たちが声をかける。

カレーライス、酢飯、肉や野菜料理、おいなりさんとメニューは多彩。おかずも豊富。

「きょうはソーメンですよ」

〝コック長のゼンさん〟が、ネギをみじん切りにしながら言う。採りたてのキュウリやナスをもってきたMさんが隣に立つ。さながら〝男の料理教室〟だ。

テーブルをかこんで食べる。7人、8人、9人、10人…。食欲は旺盛だ。

それにしてもゼンさんは不思議な人だ。〝財務大臣（経理担当）〟をやっていたかと思うと次はコック長、そして次にはビラを折っている。あとうん年で80歳になる。事務所にこの人の笑い声が絶えない。

「おかえりなさい」

なえむら京子候補が昼食と休憩のために戻ってきた。候補者カーの運転手Sさん、きれいな声のアナウンサーMさんも一緒だ。みさと協立病院の党支部からも応援の人たちが入っている。

「日々反応がよくなっているのよね、いままでになかった感じ」

食べながらなえむら候補が話す。

「たしかに手振りが多いわ」

アナウンサーのMさんもうなずきながら言う。

「おいしいです。いつもありがとう」

台所にねぎらいの声をかけるのは、後援会長の布施木新さん。目を細め、いかにもおいしそうだ。今年80歳。時々自転車の鍵をポケットのあちこち探してはいるが、元気、元気。

運転手のSさんは、食が細い。机に突っ伏して眠っている。終盤戦、やや疲れ気味か。

20歳の二人

ひとりは、なっちゃん。

お母さんが、なえむら候補と高校時代からの親友。20年前、なえむらさんが市議選へ初出馬したときは、まだお腹の中だった。その後、三郷市議選の度にお母さんと一緒に選挙事務所にやってきた。なえむら議員もなっちゃんも4年ごとに成長していった。

前回は未成年だったが、なえむら京子候補者カーに乗りたくてしかたなかった。アナウンサーがやりたかった。未知の何かが見えるかもしれない、人々の暮らしがわかるかもしれない。候補者カーに乗せてくれと思い切って申し出たが、お母さんに止められた。

ずっとうずうず、そわそわしていた。その夢が今回かなった。初めてマイクを握ったとき、緊張してうまく声が出なかった。車外の風景もよく見えなかった。でも、アナウンサーデビューをついに果たした。やったあ！　めっちゃうれしかった。

なっちゃんの若い声が早稲田の町に響いた。

ジェジェジェッ！（驚き）彼女には驚かされたことがいくつかある。

そのひとつ。

なえむら候補が辻々で候補者カーを降り、マイクを握って演説をする。彼女が愚直にやっていることだ。にこやかによく通る声で話し出す。

それをかき消すようにボリュームいっぱいにした他陣営の候補者カーが近づいてくる。するとなっちゃんは、キッとした表情を音のする方に向け、「なえむら京子」と書かれた標識ののぼりを持って猛然と駆けだして行く。候補者カーが通ると、はっしと左手で標識を立て、右手を大きく振り回す。「この紋どころが目に入らぬか」とは水戸黄門の話だが、なっちゃんのは「この標識が目に入らないの、ボリュームを落としてあっちへ回ってよ」というパフォーマンスだ。他陣営の候補者カーは、ボリュームを落とし、すごすごと通り過ぎて行く。快哉を叫びたくなる。なっちゃんは戦闘的だ。体を張ってでもなえむら候補の演説を住民に聞かせたいというひたむきな思いが伝わってくる。

その一部始終を偶然目にしたおれは、いじらしくて、うれしくて、思わずまぶたを熱くした。

なっちゃんは、また、やさしくてよく気のつく娘さんだ。

事務所玄関のはきものを揃えていたのは彼女だった。それを見たおれが「ジエッ、なっちゃんだったんだ」というと、恥ずかしそうに下を向いた。

もうひとりの20歳。

なえむら候補の出陣式の後方で熱心にメモをとっている若い娘さんがいた。他陣営から偵察にきたのかと思った。それがHさんだった。東京杉並区在住。大学の政治学科で地方自治体を学ぶ娘さんだ。スマートで小顔の美人。

この人にも驚かされた。なにしろなえむら京子候補のブログを見ていきなり事務所を訪ねてきたのだという。ブログの中の、議員「20年」（Hさん20歳）と「お年寄りと子どもの輝く街を」のフレーズに引き寄せられたと話していた。まったく知らないところへ、ものおじもせずに行く。現場でなんでも見てやろう、学んでやろうという心意気。休憩で戻ってきたなえむら候補にインタビューをし、記念写真にも収まった。ビラを折り、マツキヨ前の街頭宣伝にも出て、風のようにさわやかに去っていった。その若い行動力に拍手を送りたい。

たたかいは始まった

何台もの候補者カーが所狭しと走り抜け、荷台に赤いのぼりを立てた他党の10数台の自転車隊が駆け、メガホンを持った熟年たちがねり歩いている。町はウオンウオンとうなっているようだ。

最終日。やるべきことはすべてやりぬこう！　川島選対本部長や選挙を知り抜いた前支部長の0さんが子細に確認していく。ビラは配り終えた。後援会ニュースも残していない。だが、支持拡大が不十分だ、まだ目標に達していない。ダイゾウさんも入って、電話で訴えた各種名簿の点検を急ぐ。支持をしてくれた人の総数、家族も含めて何票か、留守だった人…。名簿の整理が終わると何人かで手分けしてまた電話かけが始まった。

なえむら候補は終日元気いっぱいマイクを握り、手を振り、車から降りて住民に政策を語った。

告示の候補者ポスターの番号は「7」(ラッキーセブン)、個人演説会には「77」(ダブルラッキーセブン)人が集まった。反応も日に日によくなった。でも最後までがんばらなければと気をひきしめた。

午後3時、5時、6時、刻々時は刻まれる。そして7時50分。月が出ていた。選挙活動は8時までだ。なえむら候補は事務所前に立っていた。

「ご近所のみなさん。ご支援、ご協力ありがとうございました。私は5期20年間、お年寄りと子どもたちが輝く街をと全力をあげてまいりました。引き続き、なんとしても議会に送りだしていただき…」

話しながら彼女は、初めて出馬した20年前の、やはり最終日の夜のことを思い出していた。

こんなあいさつをしたことを。

「私はみなさんのお力添えでがんばってまいりました。昨夜、夢を見ました。当選した夢を見ました。議員になった夢を見ました。みなさん、本当にありがとうございました」

早稲田地域から共産党の市議会議員をという思いは長年の悲願だった。仲間たちの大きな拍手のなかで若いなえむら候補は泣いていた。

あれから20年の歳月が流れた。地域住民の声はどの党よりも早く、確実に市議会に届いている。

２０１３年７月。今度は６期目の勝利の涙を！

この夜、たたかいは終わった。選挙戦に参加したすべての仲間や、心ならずも病で動けなかった人たちの、それぞれのドラマを残して。

いや、たたかいは終わったのではない。たたかいはすでに始まっているのだ。

（祝勝会の7月26日）

ふるさとの空の下に（8月10日）

ミンミンゼミが鳴き競っている
町は朝からセミしぐれ

おれは配達に向かう

道路や団地の階段に
仮死状態のセミが横たわっている
「どうしたい。暑さに負けたか」
手のひらにのせ、そっと触れると
いきなり鳴き出し透明な羽根をバタつかせる
「元気出せよ」
ヒマワリの向こうの空へ放してやる

セミは6年も地中で過ごし
外で7日間だけ生きる
鳴いて鳴いて鳴いて
鳴き燃えて一生を終える
そのはかなさ、切なさ、懸命さ
生きとし生きるものはみなそうだ
生きたいのだ

「赤旗」1面の見出しは
「核廃絶世論大きく　世界大会・長崎おわる」
そして
「被爆国の原点に返れ　長崎平和式典　田上市長が平和宣言」
右手を空に左手を水平に伸ばした慰霊の像の写真

おれは自転車のペダルをこぎながら口ずさむ
♪ふるさとの　ふるさとの　駅に降り立ち　ただひとり

迎える者もないままに
静かな街をコツコツと
歩けば涙あふれでる

幾年前か忘れたが
あの原爆の火の中を逃げて走った思い出が
今さらながらによみがえる

平和なときには家じゅうで
遊んだ丘はここあたり
みんなの名前呼んでみよう
おーい、おーい（1番）

被爆した美輪明宏の「ふるさとの空の下に」だ
美輪は昨年の紅白歌合戦で「ヨイトマケの唄」を歌って話題になった
でもおれは、シャンソン風のこの「ふるさとの空の下に」も好きだ
原爆を落とした者への怒り、憎しみ、悲しみ、平和への誓い…

被曝して傷つきながらも立派に生きていく若者の物語
歌うたびに胸がこみあげてくる

おれのふるさと新潟は被爆してはいないが
中卒で上京、苦しかった青春の日々
この歌にどんなに励まされたことか
一生懸命がんばれば
その行く手には何かが待っている
負けるものか負けるものか、と

ナガサキの
ヒロシマの
そしてフクシマの配達仲間たち
家族や恋人を原爆で奪われた人がいるかもしれない
放射能汚染でふるさとを追われた人々もいるだろう

誰もが、どんなに生きたかったことか

全国の仲間たち
この日の「赤旗」を配りながら
何を思っただろう

ささやかな幸せを
ぬくもりある日常を
脅かす者たちを
おれたちは許さない！

「赤旗」を濡らすな（10月5日）

カーテンを開けると
雨だった
路面を激しくたたき
水たまりをつくっていた

ビニール合羽を着、カサをさして
さあ出発だ

1カ月前からくらべれば
ほんとに涼しくなった
肌寒いくらいだ

どこかでキンモクセイが匂っている

この匂いが好きだ
雨の日にも趣がある

ポストになっている苗村市議宅へ
ほかの2コースの配達者はすでに出発していた
きょうは誰と誰かな
いつも誰もおれより早い

梱包を解いて部数を確認する
チラシを折り込み、ビニール袋に入れる
20〜30分かかる

左手にカサをさし
右手で自転車のハンドルを握る
自転車のスタンドを立て
前の荷かごから1部を取り出し
2、3階にかけ上り

新聞受けに入れる

下を見ると
濡れないようにと荷かごを覆ったカサが
風で吹き飛ばされそうだ
「しまった!」
紙面を濡らしてはならない
「赤旗」記者たちが困難のなかで取材し、心血注いで書いた記事だ
ダダダダッ
階段を脱兎のごとくかけ下りる
ぎりぎりセーフ
なんとか間に合った!

「赤旗」配達の
侮りがたい
天候との早朝のたたかいは
始まったばかりだ

配達79キロ（11月）

秋がゆき
氷雨降る冬がやってくる
配達にはつらい季節だ

そんなとき
いつも思い出す人がいる
37年前のことだ

四国の高峰、剣山の近くの徳島県那賀郡木沢村
主婦の達田良子さん（25歳）
徳島市からバスを乗り継いで3時間半
山深いその村で「赤旗」を配達していた

日曜版読者は当時10世帯に1部の割合だった

土曜日の朝、車で家を出発
まる1日がかりの配達が始まる
後部座席には娘（1つ）と祖父（75歳）
彼女が車を降りて配る間お守役してもらうためだ

全山紅葉に燃える山間の細い道を
くねくねとあえぐように登る
片側は十数メートルもある谷底
読者の家は山肌にへばりつくように
こちらに1軒、あちらに1軒と点在している
それも車を止めて門口に着くまで往復10分20分

配り終えると日はとっぷりと暮れる
家を出てから8時間半
走った距離はなんと79キロ

冬はどんなにつらかろう
彼女はまだあの村で
配達を続けているだろうか

勇気と希望を運ぶ（12月13日）

午前4時45分
町は、まだ真っ暗だ
中空に三日月がぶら下がっている
さえざえと星も散らばっている

重装備で自転車にまたがる
靴下2枚、1枚は膝までのロング
タイツにジーパン、その上に防水用のズボン
長袖の下着2枚に厚手のシャツ、薄いパーカー
その上にもう1枚防寒用のパーカー
それでも北風は冷たい
胴震いする

埼玉はまだいい
群馬や新潟は猛吹雪の荒れ模様
と昨夜のテレビニュースが報じていた
北海道もきっと凍てつく朝だろう

「赤旗」配達の仲間たち
冬はつらいよな
でも、待っている読者がいる。「赤旗」を楽しみにしている読者がいる
一刻も早く届けよう

団地の階段を上りながら1面トップ記事の見出しを見る
「沖縄の総意踏みにじる」（ヨコ）
「辺野古埋め立て　知事が承認」「押しつけた安倍政権の責任重大」（タテ）
「理不尽な暴政　断じて許さず　志位委員長が記者会見」（タテ）
トップ記事の下に写真入りで「知事の裏切りに怒りの拳　県庁2000人
〝人間の鎖〟」

安倍政権はほんとにひどい
超右翼だ
一昨日には靖国神社参拝
アメリカをさえ「失望」させている

秘密保護法、原発、消費税、ＴＰＰ…
暴走に暴走を重ねる安倍政権と国民の矛盾は深まるばかりだ
日本共産党への期待と信頼は強まる
都議選、参院選は劇的勝利をおさめた
ここ三郷市議選も全員当選を果たした

来年は大変な政局になるだろう
「自共対決」本番の年に

町はまだ暗い
コンビニの灯りと
赤青の信号

暗がりに黄色のミカン

布施木新さんの団地にやってきた
まだ起きている気配はない
来年82歳のはずだ
穏やかで誠実で誰からも信頼は厚い
党早稲田後援会長であり、三郷ＴＰＰを考える会代表
そして、老人会や年金者組合支部の役員でもある
だが、「老骨に鞭打って」という思いは自他ともにない
1日1日を楽しんでいるというふうだ
おれにとっては、年の離れたやさしい兄貴のような存在
毎日のように会うときもあれば
数日顔を合わせないというときもある
そんなときは、なんだかさびしい

この日の1面カタの見出しは
「たたかう勇気と希望を運ぶ　２０１４年『しんぶん赤旗』」

新年からの紙面刷新のお知らせだ
「日本の行く手を示す『羅針盤』」
「タブーなく真実の報道を」
「人間らしい生き方を…」
「赤旗」編集局の熱い息吹が伝わってくる
来年も「赤旗」を、誇りをもって配る

（三郷発全国の「赤旗」配達の仲間へ）

朝やけの歌

2014年

あの人も（1月11日）

雪の降り積もる町で
地吹雪の荒れる村で
冬かもめの舞う凍てつく海辺で
今朝も配達している
全国の仲間たち

遅ればせながら
自転車の上から
新年おめでとう！

それにしても
今朝は寒かった
おれの住む埼玉でも零下4度

皮の手袋をしていても
指がかじかんで痛む
マスクをしているためか
眼鏡が曇る
鼻水が止まらない
咳が攻めたてる

でも、
北の、南の、西の、東の仲間たちが
今この瞬間、寒さにめげず
配達しているのだと思うと
おれもがんばれる

東京・品川区の中野百合夫さん！
向かい風のなかを配達に急ぐ
あなたの姿を想像する

もう半分ぐらいは配り終えたかな

週5日「赤旗」日刊紙を配達
すっかり生活の一部になっているという
なかなかできないことだ
でも、あなたには悲壮感などはない
たぶん朝の風景を楽しみながら配っているのだろう

あなたを知ったのは35年前
あなたが28歳のときだった
沖電気の指名解雇とたたかった71人のなかの1人だった

おれは、あなたに
たたかう労働者の
ど根性と楽天性を教えられた

おれが「赤旗」現役記者のころの

あなたへのインタビュー記事が残っている
こんなふうだった

取材を始めようとしたら、まわりから声が飛びました。

「いよッ、寅さんご登場！」

造作の大きい鼻、口、耳…。体は〝丈夫で長持ち〟。なにしろ小学校から高校までの一二年間、欠席したのはたったの一回というから驚きです。

——なぜ寅さんなの？

「つまり、その、恋はすれども実らないというんで。ハハハ」

——いまも恋愛中？

「恋も正月休み、さ」

この軽妙さ。だから司会をやらせたらバツグンにうまい。

だが、豪快なところも——。

解雇通告書を読み始めた課長。中野さんは大声でどなりました。

「ふざけるな！　絶対に認められない」

隣の職場まで響きました。課長の顔面はそう白。やっと最後まで読むと通告書を受けとれと突き出しました。彼は、いきなり通告書をまるめ、投げつけました。

「ゴミ箱にでも捨てろ」

怒ったら止まりません。

「そりゃそうだよ。会社に都合が悪い人間だから首を切るという、活動家排除のねらいが色濃いわけだろ。しかも周到に準備されたものだ、許せるか」

義理人情に厚く、人に頼られる男。寮の自治会や同期会などで、仲間たちの要求実現のためにかけずりまわりました。

芝浦事業所工作課に十年。仕事もすこぶる熱心でした。

「年季と腕だからね、仕事は。労働者はよく見ているよ。口が達者だけではダメ。それで、みんなで仕事の勉強会もやろうじゃないかってやったこともあるんだ。それなのによ…」

わが寅さんは怒り続けます。

先日会ったあなたは

昔のまんまだった。

50年党員の誇り（2月15日）

窓の外は
冷え冷えとした白の世界だ
家々の屋根にも、道路にも、木々にも
もったりと雪が積もっている
東日本は記録的な大雪だという

まいったな！
「赤旗」の配達、
自転車ではとても無理

午前4時
大きめのリュックをかつぎ
重装備で外へ出る

風が出ている
雨も降っている
カサをもつ手が冷たい

いつもなら自転車で10分ほどの
「赤旗」日刊紙のポスト、苗村市議宅まで
なんと30分もかかった
「赤旗」をビニール袋に包む時間も惜しい

大きな道路は
車の轍（わだち）の上を歩けばいい
だが団地の敷地内は
まだ足跡がない
15センチほどは積った雪をズボッズボッとこいで行く

5丁目の配達1軒目、4丁目2軒目、3軒目

もう雨で手袋が濡れ
靴の中が濡れる

だが、「赤旗」を濡らすわけにはいかない
記者たちが心をこめて書いた記事だ
読者に勇気と希望を届ける新聞だ

リュックを背中から胸に抱え直す
これなら濡れない
それでも3丁目のHさんに配るとき
強い雨と風で濡らしてしまった
申し訳ない

ドドドー
音を立てて団地の屋根から雪が崩れ落ちてくる
危ない！
必死で身をかわす

車の轍をまた歩いていると
トラックが通り
脇へよける
ザザー
シャーベット状の雪水でジーパンはびっしょり

団地の3階からかけ下り
玄関を出るとき
雪が積もって段差がわからず
足を滑らせ転倒しそうになる
冷汗がふきだす

あれ、
3丁目のHさんとFさん、配ったかな
まったく！　こういうときに限って
7丁目から引き返し

また雪のなかをズボズボズボッ
なんだ、ちゃんと配っていたじゃないか
とんまな自分に腹が立つ
さあ
あと一息だ

午前6時20分
いつもなら1時間のところを2時間20分かけて
配達は終わった
たたかいは終わった

全国の「赤旗」配達の仲間たち
そっちはどうだった
雪は降っていたかい
吹雪は暴れていたかい

ところで風と雪で「風雪」と書く

風雪

おれたちが青春と壮年と熟年をかけてきた日本共産党は
創立92年の、まさに風雪の党だ
どんな困難にも苦境にも耐え、堂々と気高く大道を歩いてきた
世界と日本の歴史に真摯に果敢に働きかけてきた
その92年の半分以上の、50年を
おれは党とともに生きてきた

先日、日本共産党三郷市委員会主催の新春の集いがあった
市内には42人の50年党員がいるという
42人それぞれの党員人生があったにちがいない
その仲間たちを代表しておれに
大門実紀史参院議員から記念品が贈呈された

年月は飛ぶように過ぎ
いつのまにか50年がたった

今朝「赤旗」を配達している
全国の50年党員の仲間たちよ
おめでとう!
お互い、よくがんばった
喜びと誇りを分かち合おう
乾杯の歌をうたおうじゃないか

♪杯(さかずき)を持てさあ、卓をたたけ
立ち上がれ飲めや歌えや諸人(もろびと)
祝いの杯さあ懐かしい
昔の馴染(なじ)み心の杯を

おれたちが入党した1964年は
どんな年だったっけ、覚えているかな
4月。公労協ストライキをめぐる4・17問題があった
当初、党はこのストライキに反対。その後率直に自己批判した
そのことにひどく感動したことを記憶している

5月。部分的核実験禁止条約をめぐるたたかが始まった
6月。新潟大地震が起きた
8月。トンキン湾事件を契機にベトナム戦争が勃発(ぼっぱつ)した
アメリカはなんてひどいことを！　言い知れぬ怒りを覚えた
ベトナム戦争反対の集会にはどこへでも行った
銀座で道路一杯に広がるフランス式デモにも参加した
9月。横須賀で7万人が参加して開かれた米原潜反対集会
おれもその大集会の人波の中にいた
10月。東京オリンピック。金メダル16、銀5、銅8
中国が第一回核実験を強行した
11月。池田内閣が総辞職し、第1次佐藤栄作内閣が成立した
この年、三浦綾子の『氷点』がベストセラーになり、三波春夫の「東京五輪音頭」や都はるみの「アンコ椿は恋の花」が街に流れ、巨人の王貞治選手が年間本塁打55本の日本新記録を樹立した

全国の50年党員の仲間たち
あの年、１９６４年

おれたちは同じ日本のどこかで同じ空気を吸い
同じ志をもって
この党に身も心もゆだねたのだ

日本共産党にもいろんなことがあったさ
１９６０年代の終わりから70年代にかけての、
あのはじけるような第１の躍進の時代
90年代後半の、燃えるような第２の躍進の時代
その後の、すさまじい反共キャンペーンと共産党排除の時期
長く続いた停滞の時期
だが、党はふたたびよみがえった
昨年の都議選、参院選での大躍進
第３の躍進の流れが始まった
党は呼びかけた
この流れを本格的な流れにしよう
輝ける未来を国民とともに切り開こう

おれにも、いろんなことがあったさ
つらかったこと、悔しかったこと
悲しかったこと、うれしかったこと
党をやめようと思ったこともあった
だが、その度に思いとどまった
なぜ?
貧しい農家の次男に生まれ
学歴もなく何のとりえもない無力なおれを
党は
社会変革のために「赤旗」記者として働け、
それがお前の任務だと
厳しくも温かく鍛え、育ててくれた
その恩義を決して忘れてはならない
そう胸に刻みつけたのだ

大門議員から記念品を贈呈され、握手された
そのとき、おれは思った

60年、70党員をめざし
自分の立ち位置で
党のためにできることは
精一杯やっていこうと

今朝、配達している全国の50年党員の仲間たち
そんなことをいうおれ
ちょっとカッコよ過ぎるかな
そんなことないよな
君たちもシブイぜ、カッコいいぜ

美しい涙（2月22日）

明けはじめた空を仰ぐ
今日はいい天気になるだろう
ペダルをこぐ足が軽い

それにしても何度思い出しても
目頭が熱くなる

ソチ五輪フィギュアスケート女子フリーの
浅田真央選手の
感動のラストダンス
あの涙

演技が終わったあと

彼女は銀盤の上で
泣いた

SPでは16位の惨敗
どん底に落ちて
立ち上がれないかに見えた

だが、暗く深い地底から
歯を食いしばって這(は)い上がり
フリーでみごとにリベンジを果たした

6種類のトリプルジャンプを8回跳(と)んだ
メダルは逃したが
自己最高得点をたたき出した
五輪史上初の大記録をつくった

彼女は教えてくれた

メダルより大切なものがあることを

そして
おれと党を見つめ直す機会を与えてくれた

インタビューに応え彼女はいった
「一つ一つプログラムをクリアしていくだけ」
なにごとも地に足をつけ
どんな小さな課題も
一つ一つ確実にやりぬいていこう

こうもいった
「たくさんの方に支えてもらったことへの感謝をこめた」
いま党が、そしておれがあるのは
多くの人々の激励、無償の協力のたまものなのだ
どんなときも敬意と謙虚さを忘れてはならない

「自分を信じて自信をもって跳んだ」
そう、どんな嵐が吹こうが
どんな苦難があろうが
党と自分を信じて歩いてゆこう

浅田真央選手はまた
不調のここ数年
一から、基本からの練習を積み重ねてきた
その初心と勇気に学ぼう
おれたちにとっての基本
それは何かをよく考えて
一から学び直そう

彼女はこうもいった
「自分の中で最高の演技ができた」
おれも、そう思える人生をおくりたい

真央ちゃん
ありがとう！

1年前のこの日（3月22日）

ちょうど1年前の朝だった
梅が咲き誇り、沈丁花(じんちょうげ)がかすかに匂っていた

早稲田公園入口交差点
右手にパチンコ店が見え、道路向こうの右側に「天狗」の看板が見えた
おれは早稲田4の1の読者Nさん宅を配り終え
江戸川方向へ自転車のペダルをこいだ

突然正面から
疾走してくる軽トラックがあった
目の前でみるみる大きくなった
右上半身が接触した
肩に鋭く熱い衝撃を感じた

気がつくと自転車もろとも転倒していた
一瞬のことだった

どうしたのだ
何が起きたのだ

肩を打ち、足をくじいていた
痛みが徐々に広がった
その場にうずくまった

元記者の習性で時計を見た
5時44分だった

駅へ向かう若い男が偶然事故の様子を見ていた
「信号は青だった。どうみても車が悪いですよ」
そういってくれた
明らかに軽トラックの信号無視だった

「申し訳ありません。大丈夫ですか」

60代の男が車を止め、転がり出てきた

「大丈夫ですかじゃないだろ」
ぶつけられた身体が興奮している

軽トラの運転手が
「ともかく警察を呼びましょう」という
おれは、身体の痛みは少し我慢すればいいことで、
それより「赤旗」の配達が遅れることが心配だった
まだ大半の26軒残っていた
支部の誰かに連絡して助けてもらおうかとも思った
しかし、みんな毎日精一杯がんばっているのに、
これくらいのことは自分で処理しなければならない

軽トラの男が何回か携帯電話で連絡するが

吉川警察はなかなか現れない

40分後、やっと到着した
現場検証が始まった
車を調べ、自転車の傷跡を調べ、調書をとる
その時間の長かったこと
しかも、警察のひとりは
荷かごの「赤旗」とおれの顔ををじろじろと見ている
無性に腹がたった

病院で診断書をということになったが
翌日から妻の退職祝いのフランス旅行だった
その準備もあった
時間が惜しい
旅行中に後遺症が出たらどうしようという不安はあった
だが、ええい、ままよ、と
「赤旗」の配達を優先した

いつもよりは1時間20分遅れたが
全読者に配り終えた

「赤旗」配達の仲間たち
事故は向こうから突然やってくる
くれぐれも気をつけようぜ

桜散る朝（4月5日）

鈍色（にび）に
青が混じる
筆で掃（は）いたような暗い雲

早稲田通りの
桜のトンネルから
ひらひらと
薄紅色の花びらが散る

自転車で「赤旗」配達の
おれの髪の毛にも肩にも
ひとひらふたひら

2014 ◈ 桜散る朝

満開の花びらが
きのうの小夜嵐（さよあらし）で
道路脇や団地の入り口に
吹きだまっている

散った桜も
木の枝で揺れている桜も
どの桜も美しい

沈丁花や白木蓮（はくもくれん）や
チューリップも
咲き誇っている

空に茜（あかね）色がさし
明るい群青（ぐんじょう）色が広がる

桜散る美しい朝だ

おれは季節を一人占めにする
これぞ配達の醍醐味だ

花冷えの風

（4月19日）

風が冷たい
花冷えの朝

早稲田公園を通りかかる
八重桜は満開を過ぎた

先週の日曜日の
後援会のお花見
笑顔と笑いがはじけた

早稲田公園の八重桜は
5分から7分咲き
花びらの色、形、匂い

もう最高だった

八重桜の木の下に
36人衆が集った
新しい顔も多かった

飲み、語り、歌い
南京玉すだれやギター演奏に
盛んな拍手をおくった

花見句会も盛況だった
その特選の二つ

おでん鍋（なべ）　わんに一ひら花びらが（あらた）
なかま呼ぶ　三郷早稲田の八重桜（斐山）

すばらしい八重桜

すばらしい仲間
すばらしい明日への出発だ

ささやかな幸せ（5月18日）

さわやかな風、薫風(くんぷう)

木々の青葉が
朝陽をあびて
キラキラ輝いている

ツツジが咲き
沈丁花が匂う

散歩する人
ジョギングする人
犬と歩く人

丹後小学校の門前には
まだ朝の5時だというのに
親たち50人ほどの行列
運動会の場所取りだ
数時間後には
運動場が歓声と拍手につつまれる

ありふれた日常の
ありふれたささやかな幸せ

だが——
本日付「赤旗」の見出しは
「憲法破壊、集団的自衛権容認へ　安保懇が報告首相が検討指示」
「『海外で戦争する国』への暴走を許すな　志位委員長が見解」

これを許したら
さわやかな風も、花々も、朝の散歩も、運動会も

一瞬のうちに打ち砕かれてしまう
安倍首相の顔がヒトラーに見えてきた

伴走者（6月8日）

雨音がする
布団（ふとん）をはねのけ
ガラス窓を開ける

すさまじい雨だ

身体は濡れても
「赤旗」を濡らすわけにはいかない
自転車では無理か
といっておれは車を運転できない

「車出せるかな」
まだ床の中の妻に声をかける

「いいわよ」
ありがたい
何年か前の嵐の朝以来だ

車の中、ふたりで「赤旗」をビニール袋に包む
おれがカサを差して土砂降りの外に飛び出る
ドア越しに妻が「赤旗」を渡してくれる
受け取って濡らさないように雨の中を走る

名残りの赤いツツジの花びら
橙色（だいだいいろ）や白のアジサイ
雨に打たれて痛そうだ

7の5に越してきた、妻もよく知っているTさん
数日前に入院したという
奥さんも腰を痛めて入院一歩手前
「遠慮なく何でも言ってね」

夫婦の顔を思い浮かべながら
ドアの前でしばらく佇む
雨は相変わらず降り続いている

花のいのち（7月12日）

地震だ！
妻が飛び起きテレビをつける
震度4だが、マグネチュームは6・8と強い
震源地は福島県沖だという

「津波の恐れがあります。近づかないように」

アナウンサーが繰り返している

三年前の東日本大震災の記憶がよみがえる
死者・行方不明者1万8千4百人余
避難生活者約23万人余
一瞬にして何もかも奪われた

どんなに生きたかったろう
喜び、悲しみ、悔しさ、怒り
恥じ、情けなさ、自己嫌悪

何があっても
生きていさえいれば
人生は美しい

アジサイが盛りを終え
色落ち朽ちている
いや
脱色はしているが姿をとどめ
生きている

アジサイは
潔（いさぎよ）く散る桜や
不意に落下する椿（つばき）とは違い

散り際が鮮やかではない
醜い姿も見せ、最後まで生きる
その生きざまが
美しい

十年たったら（8月2日）

きょうも暑くなりそうだ
セミしぐれの下を
今朝も配達の自転車を走らせる

空は青く
雲は高い
赤い百日紅（さるすべり）の花がまぶしい

「赤旗」1面トップの見出しは
「病床削減　厚労省自ら推進
診療内容一元管理、再編成押し付け」
ほかに
「すき家1人勤務解消を

第三者委提言法令違反を認定」
「原発事故　東電元会長ら起訴相当」

いったいこの国は
10年たったら
どうなるのだろう

10年たったらといえば
詩人・作家の土井大助さんが
7月30日死去された
87歳だった

土井さんは
強烈なインパクトを放つ
詩集「十年たったら」を
携えて登場した

あの確信と楽観性
勇気と希望
骨太で清しい言葉

土井さんの詩にどんなに酔ったことか
どんなに励まされたことか

4カ月ほど前
おれの3冊目の小説『起たんかね、おまんた』の
出版を祝う会があった

出席できないが、と
祝いの電話をくださった

「がんばったね。よく調べたね。
いいものを書いてくれた。
これからがスタートだね」

うれしかった。
受話器の前で
何度も何度も頭を下げた

土井大助さんは
憲法をうたった「ぼくが青年になるとき」の
最後のフレーズでこう言い遺（のこ）している

すでに老いたが、戦争に向き合うときぼくは青年。
だから憲法をよむときぼくは青年。
ぼくの平凡な人生の非凡な意味はそこにしかない。

おれたちは
土井さんに学び
土井さんの遺志をついで
おれたちの
「十年たったら」を書かねばならない

豪雨（8月23日）

「断続的雨　捜索難航
広島死者40人　不明47人」
「赤旗」本日付1面トップの見出しだ

記録的な豪雨で
甚大な被害をもたらした広島市

消防や警察、自衛隊が救助活動にあたり
他県からボランティアもかけつけているという

広島市内の「赤旗」読者
配達の仲間たち
その両親や兄弟や家族

いま
どうしていますか

生命は
健康は
食糧は
住居は

いま
だいじょうぶですか

家の中の泥出しや
買い物や
避難所のお手伝いに
飛んで行きたい

全国の「赤旗」配達の仲間たち
呼びかけよう緊急に
広島へ励ましの声を！
支援の募金を！

二人で一つの人生（11月1日）

「赤旗」を配りながら
足をとめ
団地入口の淡い灯りの中で
ふと紙面をくった
社会面の訃報欄に目がとまった

「三浦綾子記念文学館長
三浦光世さん死去」

あのどこまでもおだやかな
人を包み込むようなやわらかな笑顔
忘れることはできない

生前2回旭川の自宅を訪ね
インタビューさせていただいた

おれの好きな作家
三浦綾子さんの夫で歌人でもあった

綾子さんは晩年次々に病魔に襲われ
ペンさえ持つことができなくなった
ふたりは机をはさんで向き合い
綾子さんが絞り出すように語りだす文章を
光世さんが原稿用紙に書きとめていった

『塩狩峠』『銃口』『母』『道ありき』…

死と向き合いながら
ふたりで生みだしていった作品群
その夫婦の愛と絆（きずな）の強さ

ふたりで生きたひとつの人生だった
目を閉じ冥福を祈った

92年の党

（12月6日）

午前4時50分
落葉時雨（しぐれ）の中を自転車で走る

星が光っている
町はまだ眠っている

いや、もう起きている
ジョギングをする中年のおじさんがいる
犬と散歩するおばちゃんがいる

空気は、きりきりと澄みきってきれいだ
そう
濁ったこの国の政治も

きれいにしなければならない

「安倍暴走ストップは共産党」

「がんばり抜けば躍進できる」

配る「赤旗」の1面トップ記事の見出しだ

衆院選投票日は1週間後の14日
わが党早稲田支部もがんばっている

「年金は下がる、物は高い。金持ちはいいが、貧乏人は暮らしていけないよ。消費税なんてとんでもない。年寄りいじめの自民党はだめよ、共産党に入れようかと友だちと話している。共産党さん、貧乏人のためにがんばってよ」

〝声の全戸訪問〟のなかでのおばあちゃんの悲痛な声だ。

こう言う人もいた。

「決まっている人がいるかって？　これまで入れてきた、みんなの党が解党してなくなっちゃった。まさかこんなことになるなんて、無責任だよな、ほんとに。入れるところがなくなった」

中年のその男にアベノミクスや消費税、集団的自衛権、原発などの共産党の
政策を話し、
92年の歴史をもつ共産党へ価値ある一票をと訴えた
「ふむ。考えてみっか」
男は言った

夜明けは近い（12月13日）

寒い
夜明け前がいちばん寒いという

「〝暴走とめて〟新しい期待広がる」
「全比例区で共産党躍進を」
配る「赤旗」の１面トップ見出しが目に飛び込む
明日は、総選挙の投票日だ

わが党早稲田支部と後援会も
懸命な奮闘をつづけている

法定ビラを折る人
仕分けする人

配る人
後援会ニュースをつくる人
袋詰めする人
届ける人

早朝の三郷駅では
苗村みつお候補とともに
「安倍暴走政治にストップを」
と訴える

「地域の共産党って地道な活動をしているのですね」
転籍してきたNさんがしみじみ言った
彼女はハンドマイク宣伝24年ぶりだという
「ほんとに苦手、決意いるのよ」
といいながらテレデータで支持も訴えた

電話で対話していると

なるほどな、と思うことが多い
早稲田6丁目の年金暮らしの男性は
「自民党は〝自分勝手党〟、だから今度は共産党だ」
そういって激励してくれた
4丁目の主婦は
「自民党は〝巨大怪物〟だわ。大きくなりすぎた。巨大怪物にお灸をすえる共産党さんに投票するわ」
2丁目のおばあちゃんは受話器の向こうで話した
「消費税また上がったら病院にも行けなくなる。共産党がんばってよ。ひとり暮らしでたった1票しかないけど入れるからね」
目頭が熱くなる

全国は1つ
昨夜、ふるさと新潟・出雲崎の従姉からめずらしく電話があった
「共産党事務所から比例はぜひ共産党へって電話がきた。初めてのことでびっくりしたよ」
従姉の話によるとこうだ

おれの小説『少年の村—出雲崎慕情』を読んでくれていた党新潟中越地区委員会の人が、小説のなかに従姉が実名で登場しているのを知って支持依頼の電話をしてきたのだという
本来おれがいち早く支持を訴えなければならなかったのに
でも、うれしかった
「あらゆるところで1票でも2票でも広げよう」
ふるさと中越地区委員会の気迫が伝わってくる

さあ
きょう1日だ

そういえば〝声の全戸訪問〟のなかで
自民党が1人勝ちしそうで、と話したら
「マスコミがそう言っているだけじゃないの。やることをちゃんとやっていれば大丈夫だよ」
8丁目の年金暮らしの男が言った
これまで共産党を支持したことのなかった人だ

まるで日本共産党選対本部が
俺たちに叱咤激励するときの言葉じゃないか

さあ
きょう1日だ
大躍進は手の届くところにある

（三郷発全国の「赤旗」配達の仲間へ）

2015年

あたたかな数字（1月3日）

「赤旗」早朝配達の全国の仲間たち
明けましておめでとう！

自転車のペダルが
なんだかとても軽い

ここ埼玉・三郷市は
晴れ
寒い
が、実にさわやかな朝だ

昨年総選挙の「画期的躍進」
喜びが満ちてくる

自信がみなぎってくる
確信がわいてくる

数字をあげてみよう
議席倍増の21議席
18年ぶりの躍進
比例区得票数６０６万票、得票率11・37％
小選挙区７０４万票、得票率13・30％
埼玉14区苗村光雄候補も３３１０３票、得票率16・３％
三郷市でも８０００票を超え、北関東２議席に貢献

議席、得票数の後に「人」をつけてみよう
例えば議席21人
比例区６０６万人のように
数字が数字ではなくあたたかな生身の人間の数となる
喜び
怒り

哀しみ
楽しみ
日本共産党に投票してくれた1人ひとりの思いが
伝わってくるようじゃないか

おれたちは
安倍政権の〝亡国亡民政治〟への
戦争をする国づくりへの
国民の批判と断罪の声を
日本共産党支持へと
ハンドマイクを握り
ビラを配り
つながりのある人々に話しかけ
不特定多数の人々にも電話で訴えてきた

人間らしい暮らし
人間らしい労働

人間らしい未来と平和のために
政治はあるのだ

「赤旗」配達の全国の仲間たち
そっちの天気はどうだい
大晦日(おおみそか)から全国的に大荒れで
強風が吹きぬけ
海はしけ
平野部でも雪が降り積もっているという

風邪などひかぬように
凍てついた路面でスリップなどしないように
今年も体力、気力を充実させ
英気も養い
新たな前進へ
「赤旗」を配り続けようぜ

間もなく東の空が
美しい朝やけに染まるだろう

大志ある選択

（2月15日）

きのう、おとついよりも
空気はあたたかだ

それに不思議なほど
静かで
ゆったりとした夜明けだ

その三郷市に新年早々
ひとつのニュースが走り抜けた
苗村京子市議が
県議選立候補を要請された

ここ三郷市は2人区
本人も
4人の市議団も
党組織も後援会も
驚嘆した

「勝てるのか」
「リスクが大きい」
「誰かほかにいないのか」

4週間も5週間も
真剣に議論した

煩悶と苦渋の末
大志ある選択をした
最善の選択をした
苗村京子さんと市党組織は

県議選に果敢に挑む
決まったからには
とことんやるまでさ
きょうも10時からいっせい行動だ

スクラムを（3月7日）

小雨が降る
気温も下がっている
「春へ三寒四温か」
ペダルをこぎながらつぶやく

薄暗闇の塀やブロックに
党県議選予定候補
「苗村京子」
のポスターが目立つ
ああ、ここは3日前に張った
あそこは昨日
ポスターの数では他党を超えている

「『新事態』で武力行使どこでも」
「他国防衛『主任務』に―自衛隊の役割大転換」
「赤旗」の本日付1面トップ見出しだ

安倍自公政権は
「海外で戦争できる国」づくりへ
ひた走っている
埼玉県政の教科書採用や平和学習への
あからさまな教育介入も
それと連動している

「戦場へ駆り出されるのは誰でもない僕ら若者、間違いなく僕ら若者」
「苗村京子さんを応援するみさと青年ネットワーク」の
設立呼びかけ文の一行だ

若者たちよ
いまこそ

スクラムを
君らのために
未来のため

サクラ咲いた！（3月22日）

花冷え？
それでも、つい2、3週間前に比べれば
温かくなった

ほのかに沈丁花の香りがする
馬酔木（あせび）の小壺花が満開だ
サクラのつぼみもふくらんだ
でも、まだ花は開かない

けれど――
配達にさしかかった6丁目団地の
1階の集合郵便受けの上
何かが淡く光る

銀紙でくるんだ牛乳瓶の中に
6、7分咲きのサクラの一枝が活けてあった

こんなメモが張ってあった
「3月11日に剪定した桜が
花を付けました」
胸がキュンとした
しばらく佇んでいた

俺はメモした紙片を
そっとそばに置いた
「新聞配達をしている者です。
サクラ咲いた！
心がなごみました。
ありがとうございました」
誰かは知らない
花好きのやさしいその人を思い浮かべる

今日は県議選候補苗村京子の事務所開きだ
三郷市初の女性県議誕生へ
さあ、みんな集まろう

投票日の朝（4月12日）

サクラが咲き
サクラが散った
団地のサクラ並木へ
配達のペダルをこぐ

さわやかな
投票日の朝だ

三郷初の女性県議
誕生のために
「苗村京子」の名前を
ハンドマイクで
〝声の全戸訪問〟で

どれだけ訴えただろう
支部も後援会も
ひとりひとり、みんな
よくがんばった

苗村京子候補が
パワー全開
全力疾走した

これまでやったことのないことを
大規模にスピーディに！
を合言葉に

やれるだけのことはやった
悔いを残さずやった
たたかいは終わった

勝ち負けの
予想はできない
あとは天のみぞ知る

次があるさ（4月19日）

チチチ、チュン、チチチ
夜明け前、小鳥がさえずる

すっかり葉桜になり
ハナミズキが咲き
ドウダンツツジが咲き
チューリップが盛りだ

自転車のかごに「赤旗」を積んで
団地を走り抜ける

あれから（県議選投票日）1週間がたった
悔いはないといったら強がりか

なあに次があるさ
捲土重来（けんどちょうらい）を期して
またコツコツ前に進めばいいのだ

三郷は惜敗したが
全国的には大きく躍進した
選挙をたたかった全国の仲間たち
よくがんばった
すごいぜ

きょうは後半戦の告示
「安倍暴走政治ストップ
くらしの願い共産党に」
「赤旗」 1面トップ記事の見出しだ

〝三郷の仇を越谷で〟

きのうもおとついも
越谷市議選の応援にかけつけた
山田大助候補がんばれ！
頼むぞ
勝って三郷の仇を討ってくれ

危機一髪（5月29日）

29日午前4時50分ころ
埼玉県三郷市早稲田6丁目の丹後神社交差点で
自転車で新聞配達中の男性（71）が
大型トラックに接触衝突して死亡
原因は
目撃した散歩中の女性（65）の話によると
男性はあきらかに信号を無視したもよう
右方向から1台の大型トラックが男性の目の前を左へ走り去った
直後、右方向には100メートルほど車の姿はなかった
男性は大丈夫と思ったか、赤信号だったが自転車を走らせた
その刹那(せつな)、対向車線から疾走してきた大型トラックにはねられた
目の前を左へ走っていった大型トラックの死角になったと思われる
車道には「しんぶん赤旗」が散乱していた

危ない、危ない
そんな新聞記事になるところだった

おれは急ブレーキをかけて止まった
頭にガクンと衝撃を受けた
真っ青になって車道から引き返した
危機一髪
心臓が止まりそうだった

どんなに車がすいていようが
どんなに急いでいようが
たとえ5分間信号が赤であろうが
絶対に信号を無視してはいけない
無視したら
間違いなく
命はない

いやはや
全国の「赤旗」配達の仲間たち
くれぐれも
くれぐれもご用心を！

若者は戦場に行かない！（7月）

5人の呼びかけで3月から動きだした
みさと青年ネットワーク
おれは彼らのサポーターのひとりだ

7月25日（土）、午後4時、早稲田公園で開かれる
「戦争立法やめよ！　みさと1000人集会」

みさと青年ネットワークも
若者たちに参加を呼びかけている
その呼びかけ文「若者は戦場に行かない！」

三郷市内の青年のみなさん
安倍首相の政治、なんだか怖いと思わない？

衆議院で憲法違反の安保法案（戦争法案）を
多くの反対の声を無視して強行採決した
これってアメリカの引き起こす戦争に
自衛隊がいつどこへでも時空を超えて参戦し
銃を持ち、殺し殺されるってことだよね

戦争に駆り出されるのは
誰でもない若者、間違いなく若者

先のアフガン、イラク戦争派兵の自衛隊員が
帰国後54人も精神を病んで自殺している
防衛大学校卒業生の自衛官辞退も4年前に比べ5倍になっている
自衛官辞退がこのまま増えたらどうなるか
やがて徴兵制がしかれることになるだろう

だから今　全国津々浦々の若者たちが

とりわけ
シールズ（ＳＥＡＬＤｓ、自由と民主主義のための学生緊急行動）や
ティーンズソウル（Ｔ―ｎｓ　ＳＯＷＬ、高校生）の仲間たちが熱い

ここ三郷でも
7月25日に開かれる全市民的な大集会に
若いあなたもぜひ参加して
パレードで叫んで下さい
怒りをこめて声を限りに

若者は戦場に行かない！
大切な人を戦場に送らない！
戦争法案は廃案にせよ！

おっす！（8月）

おっす！
よう！

3丁目団地の路地裏
ほぼ同じ時間帯に
「赤旗」を小脇に抱えた
Sさんとよく出会う

中国帽にジーパン
笑顔がひとなつっこい

彼は金曜日にAコースと外回りコースを
土曜日に外回りコースを車で配る

そのあと日曜版を歩いて配る
Aコースを配るおれとそこでよく出会う

このSさん、誰とでもすぐ友だちになる
とても顔が広い
駅頭宣伝でビラを配っていると
あちこちから
声がかかる

「あれ?」

「あんた、こんなこともしているのかい」

「ま、がんばりなよ」

「応援してやっからさ」

Sさんは地域の地理を知りぬいている
選挙になれば
候補者カーの運転手として連日走り回る

丁寧に、くまなく、安全第一
彼の運転はどの候補者にも評判がいい

そのＳさんに今朝も会った
笑顔を交わして手を上げ
右と左に別れた

〝配達仲間〟（8月）

同じ場所、ほぼ同じ時間帯に
出会う人は
Sさんだけではない

5丁目の団地で
50代後半のおばさんともよく会う

大柄だが
きびきびとよく動く

自転車の前後の荷かごに積む新聞は
相当の部数だ
悔しいけどおれの倍はあるだろう

ちらっと盗み見る
聖教新聞だ

声をかけたことがある
「大変ですねえ」
「えっ、いや」
驚いた様子だった

聖教新聞と「赤旗」
その主張や考え方は異なる
創価学会・公明党は安倍政権の与党だ
でも戦争法案廃止の国会前パレードに
プラカードを掲げて参加する学会員も少なくない
「安保法案ゼッタイ反対！」
「戦争法案は廃案にせよ！」
そして

「公明党バイバイ！」

考えて見れば
共産党も公明党も支持者層は同じだ
ともに安倍政権に苦しめられているのだ

もちろん
配達時にそんな話はできない

でも
ちょっとしたあいさつは交わす
雪の日などは
「雪、まいりますね」
春なら
「サクラはまだですかね」
真夏なら
「朝から暑いですね」

「そうですね」
「ほんとですね」

おれとおばさんは
〝配達仲間〟

早く配り終えて
家でゆっくり
朝のコーヒーでも飲みましょうよ

夜明け前の怪談（8月14日）

配達をしていると
とんでもないことにも遭遇する

町はまだ眠っている
5丁目団地にさしかかる
木の葉を揺らす風は生あたたかい

向こうに淡い街路灯がかすむ
その斜め向かいに読者がいる
自転車のペダルをこぐ
街路灯に近づく

ええっ！

ぼんやりと見える
あれは、あれは何だ

道路の左側に
こっちへ頭を向けて
仰向けに横たわっている
女性の白い裸体

ええっ！
死体か
すわ殺人事件？

ぎょっ！
あわわわわわ
思わず立ちすくむ
体が凍りつく

心臓がドッキンドッキン
夢じゃねえだろな

よけて通ろう
いや落ち着け落ち着け
まずは警察へ通報だろう

抜き足差し足
恐る恐る
近づく

至近距離まで忍び
ありったけの勇気を出して
まじまじと見た、見た！

ふーう
まいった

力が抜けた

マネキン人形だ
ゴミ置き場にでも捨ててあったそれを
誰かがいたずらで
道路に横たえたのだろう

くそ
ちくしょう
おどかしやがって
許せねえ

夏の夜明け前の
怪談話だ

若者は誰もが詩人だ（9月7日）

9月6日、東京・新宿ホコ天、午後3時過ぎ。

降りしきる雨の中を続々と集まってくる人、人、人。

手には、それぞれの熱い思いを込めて書いた赤、青、黄色のプラカード。

その数1万2千人。伊勢丹前通りを500メートル、いや700メートルは埋め尽くしただろう。

戦争法案に反対するSEALDs（シールズ＝自由と民主主義のための学生緊急行動）と学者の会の共同行動が間もなく始まる。

拍手、歓声、どよめき、指笛が鳴る。

シールズの若者たちが次々にマイクを握った。

「私は殺すためではなく、よりよく生きるために生まれてきたのです。まして攻撃されてもいない相手を敵とみなして銃を向けるなど、もはや意味不明です。…私が奨学金を受けながら学んだのは、権力とたたかう知性です。私たちは権力に対する沈黙を破ります」

また別の若者。

「この国を変えていくのは、人生や暮らしを信じ、愛することでしかできない。僕はこの国で生きていきたい。この国を愛しています」

そしてまた別の若者。

「いつだって私たちは理想を描き、それに向かって歩んでいく。それこそが希望。私たちが主権者としての権利を行使し続ける限り、権力者は私たちの自由を押さえつけることはできない」

なんて感性豊かなのだろう。なんてひたむきなのだろう。なんて言葉がみずみずしく、しなやかで、知性にあふれているのだろう。

それは聞く者の胸を打たずにはおかない。

なぜ?

彼らは自分の頭で考え、自分の意思で、自分の足でここにきた。

そして、彼らは自分の言葉で語りかける。

たたかいが輝く言葉を生みだす。たたかいが言葉を鍛える。たたかいが若者を詩人にする。

古今東西いつの時代も歴史を動かしてきたのは無名無数の若者たちだ。

シールズの若者たちはこうも言ってきた。

「日本が70年間、一人も戦死しなかったのは、ずっと声を上げ続けてきた人たちがいたからなのだ」

おれたちが、おれたちの先輩たちがこの国を変えるためにたたかってきた長い道のり、その苦闘を、その誇りを、その喜びを知っていてくれたのだ。見ていてくれたのだ。おれたちを信頼してくれていたのだ。

これって何だ?

若者たちはコールするじゃないか。「民主主義って何だ?」「民主主義ってこれだ!」。ならば、「世代継承って何だ?」「世代継承ってこれだ!」

この若者たちに、この青春の群れにおれたちの思いと活動の蓄積をバトンタッチしていこうじゃないか。

かつての青春、おれたちも彼らに負けない大きな声を上げ、行動をくり広げようじゃないか。

若者たちのこの行動力と知性、強さとやさしさがある限り日本の未来は明るい。今、日本の歴史の新しいページがめくられようとしている。

この日、日本共産党の志位和夫委員長、民主党の蓮舫代表代行、社民党の吉田忠智党首、二見伸明・元公明党副委員長らも駆けつけ若者たちを励ました。

雨中の新宿ホコ天に若者たちの力強いラップ調コールが響く。

「戦争反対！」

「憲法を守れ！」

「安倍はやめろ！」

「勝手に決めるな！」

「民主主義って何だ？」「民主主義ってこれだ」

俺も久方ぶりに声がつぶれるほど叫んだ。

（みさと青年ネットワーク　サポーター　玄間太郎）

三匹の子猫（9月12日）

配達が終わるや
団地2号棟端(はじ)の草むらへ走った
そこにはいなかった
三匹の子猫はいなかった

よかった、よかったのだ！

きのう夕方のこと
都心へ出るため自転車で駅へ向かった
しばらく走って自転車の荷かごに異変を感じた
フードを開け、中をのぞく

焦(こ)げ茶色の子猫がいた

それも三匹も
いつ誰が荷かごへ？
かわいそうに
きっと捨てられたのだ

さわるとあったかい
目はあいているのかいないのか
ミャーとも鳴かない

駅の駐輪場に着いた
友人たちとの待ち合わせ時間もある
どうしよう

しようがない
帰るまで荷かごに入れておこう
いいかい、飛び出るんじゃないぞ

友人たちとの歓談中も
子猫のことが気になって仕方ない

帰りの電車を降り
駐輪場へ急ぐ

荷かごのフードを開く
三匹は抱き合うようにして丸まっていた
お腹がへっていたのか
敷いていたビニール袋を食いちぎっていた

さて、どうしよう
駅周辺の戸建てか団地に置いてゆこうか
でも、拾ってくれる人がいればいいが
いなければ飢え死にだ

わが団地のおれの自転車のかごに

放りこまれていたのだから
やはり団地に戻ろう

2号棟端の草むらに新聞を敷き
子猫をそっと置いた
水を入れた皿も置いた
三匹はずっと動かない

夜
母親が恋しいのか
ミャーミャー鳴いていた
部屋に入れて温かいミルクを飲ませてあげたい
でも団地は動物厳禁だ

そして今朝
配達の後に草むらへ急いだ
三匹の子猫の姿はなかった

よかった!
きっと今ごろ
会えた母親のそばで
じゃれあっているのだろう

「赤旗」のこない日（11月28日）

おかしい
ない！

午前4時50分
「赤旗」日刊紙のポストになっている
苗村京子前市議宅玄関

いつもそこに置いてある
Aコースの包みが
ない
Bコース、外回りコースの包みもない

いったい

どうしたのだ
何者かに持ち去られたか

いや、ひょっとして
Aコースの土曜日を隔週交替で配達しているOさんが
配達日を間違えて配達しているのだろうか
きっとそうだ

自宅に引き返した
わが家にはまだ配達されていない

Oさんの携帯に電話した
ツーツーツーツー
出ない
15分後にまた電話した
やはり出ない

うーん
何かあったに違いない

再び苗村宅へ
ペダルを踏むのももどかしい

玄関の扉に張り紙があった
「輪転機の故障でポスト下ろしされていません」
ベルを押すと
苗村さんが飛び出てきた

あかつき印刷東京工場の印刷機のトラブルで
印刷が大幅に遅れ
ポスト下ろしは午後になるだろう
その時間帯によっては態勢がとれず
明朝2日分配達することになるかもしれない、と

あかつき印刷の労働者たちが
修復のために一丸となり
懸命に立ち働いている姿が浮かぶ

連絡を待って
待機していた

リリーン
電話が鳴った
「まだ『赤旗』入ってないんだけど」
熱心な読者のHさんからだった
事情を話すと
「そうでしたか」
心配そうな声が返ってきた

午後
明日2日分配達をとの連絡が入った

朝の混乱を共有した
「赤旗」配達の仲間たち
ご苦労さま
明日は2日分だぜ！

闇の始まり（11月29日）

２日分を配達
配達を始めて十数年、初めてのことだ

自転車の前のかごだけでは
到底積みきれない
前のかごには29日付と「お詫び」のチラシ
後ろの荷台には箱をくくりつけて28日付を

それにしても
恐ろしいことだ

この世から「赤旗」が消えたら
どうなるのだろう

配達されなかった
昨日28日付を
配りながら見るともなく見る

1面トップ見出しは
「自民に巨額原発マネー
再稼働・原発輸出を後押し」

その下の見出し
「沖縄県　高裁に書面提出
辺野古代執行訴訟　新基地建設は『違憲』」

カタの見出し
「賃金減額　違法性認める
日本ＩＢＭ　労働者が全面勝利」

どの記事も日本の今と将来にとって
見逃せないことばかりだ

3面を見ると
戦争法廃止の国民連合政府について
「『野党は共闘』声高く
東京革新懇がシンポ」

特集「首相先頭『規範』破り25人
資金集めでもルール無視」（社会面）

一般メディアはほとんど触れない、書かない
安倍チャンネル、安倍ペーパーは
たとい触れても政権の側に立った報道だ

この日だけでも
「赤旗」が消えたらどうなるか

何もわからない
何も見えない

多くの国民の嘆きや怒り
権力に抗う人々の勇気や献身
なにもかもが覆い隠される
真実が圧殺される

「赤旗」が消える日
それは舵のない船がさまよう
この国の闇の始まりだ

光のありがたさ（12月6日）

どこもかしこも
暗い、ひどく暗い

めいるような闇の中で
町は死んだように眠っている

果たして
夜は明けるのか
そんな気にもなる

でも全国の配達仲間たち
明けない夜はないよね

闇があるから
光がある
そして
闇から出てきた
人こそ
一番本当に
光のありがたさが
わかるのだ
（小林多喜二）

おれたちは
闇のなかで光を放つ「赤旗」を
読者に届ける光栄ある仕事をしている
配り終えると
美しい朝やけが待っている

闇から光の世界へ
おれたちにも
そのありがたさがわかる

俳句メール便（12月25日）

毎朝
俳句をメールしてくれる友がいる
元同僚の奈良孝さんだ

その作品のいくつか—

○妖怪に　平和を託し　水木逝く
（添え書き＝ゲゲゲの鬼太郎の水木さんが亡くなりましたね）
○星灯かり　花のエリカは　夢衣装
（おはようさん。きょうも晴れですね）
○朝焼けに　淡く恥じらう　初恋草

（きょうも晴れそうですね）

照れ屋でロマンチスト
その人柄がにじみ出る

きっと4時か5時ころには目覚めて
窓外の空を眺めながら
句想を練っているのだろう
その日の天気も必ず書き添えてある
だから「赤旗」配達の朝は
とても助かる

おれからも一言評を打ち返す
よかったよ
いいね、いいね
うふ、おもしろい
書きためて句集出しなよ

彼からも返ってくる
ありがとう
恥ずかしい
とてもとても

毎朝の
俳句メールが楽しみで
起きぬけにまずスマホを開ける

着信していないと
とてもさびしい
心配になる
熱を出して伏せっているか
奥さんとけんかでもしたか

退職してはや6年
1度も会っていない友だが

メール1本でつながっている
その不思議、驚き
喜びと感謝

もう3句──

○指を折り　小粒の千両　数えあげ
（すっきりしない天気になりそう）
○焼き芋屋　匂いなびかせ　夜歌う
（きょうは快晴ですね）
○ほろ甘い　苺一会（いちごいちえ）に　赤い粒
（今年もあとわずかですね）
奈良ちゃん　来年もよろしく
よいお年を！

コラムニスト（12月27日）

今朝も配達（毎週日曜日と隔週土曜日担当）
今年最後の配達だ

いささか二日酔いかげん
昨夜、東京都心で
ある忘年会があった
帰宅したのは午前零時を回っていた

酒に酔ったのも事実だが
あの場の刺激にみちた雰囲気に
酔いしれたのも確かだ

ゲストに元朝日新聞コラムニストの

早野透さんが招かれていた

早野さんは「赤旗」日曜版新年号で
日本共産党の志位和夫委員長と新春対談をしていた
戦争法廃止の国民連合政府のこと、
立憲主義回復、個人の尊厳、自民党論…
5ページに渡って縦横に語り合っていた

早野さんのコラムは
透徹した眼で世の動きを見、権力におもねらず
あたたかく、気品と威厳があった

がっしりとした体つき
古武士を思わせる顔

その早野さんが
集った18人と飲み、語り、いっしょに考えた

彼は実に聞き上手だった
誰の話にも熱心に耳を傾け
一言二言、質問をした
それが話題のテーマを広げ、深め
大切な何かを共有させてくれた

さすが大記者早野透さんだった

受賞（12月27日）

早野透・志位和夫　新春対談の掲載された
同じ「赤旗」日曜版新年号の11面最下段に
拙著『黄金と十字架—佐渡に渡った切支丹』（東京図書出版）
の広告が載った

こんな広告文だ
「布教のために京都から佐渡へ渡った切支丹、弥之助。幕府により切支丹の弾
圧が苛烈を極める中、鉱夫たちの命を守るべく黒鉱組の喜八らとともに役人
に立ち向かう。幕藩に虐げられた金山鉱夫、隠れ切支丹、遊女、百姓達の嘆
きと怒り、連帯と闘いの物語」
そして
「新潟出版文化賞・優秀賞」
とあった

12月13日、新潟市の朱鷺(とき)メッセで
公開受賞式があり、妻と臨んだ

受賞理由は
「佐渡金山で働く人足の中に、多くの切支丹がいたことをこの小説によって
知った。小説と史実の狭間に、登場人物の息遣いを感じることができる作品だ」
（選考委員長、作家・新井満氏）

ふるさと新潟からの
身に余る賞
ますます精進せよ、さらにさらに励めよ
叱咤激励の賞、と心得ている

受賞のインタビューに応えてこう話した
「ふるさと越後の埋もれた歴史、底辺に生きた無名無数の民の抵抗と誇り高い
生きざまを、きれぎれの記録・史実をもとに描き続けていきたい」

受賞を知らせた先輩の宮原一雄さんが
「よかった、待っていた。受賞祝いだ」
と動き出した

その受賞を祝う会の案内文がふるっていた
「『黄金と十字架』は玄間さんの5冊目の作品で、4冊目の『起たんかね、おまんた―天明・越後柿崎一揆』の出版記念会（2013年5月）の席上、玄間さんが皆の前で〝公約〟していたテーマでした。公約を果たし、優秀賞までいただくとは物書き冥利に尽きる話です」

最初はお断りした祝う会
しかし、宮原さんはあきらめなかった
知恵者でもあり押しもきく彼は
絶対に断れないようなそんな案内理由を考え
おれをまんまと乗せてしまった

その受賞を祝う会が
18日、お茶の水の中華レストランで
盛大におこなわれた
師走の忙しい時節だったが
59人がかけつけてくれた

うれしくて
楽しくて
まるで夢のような一夜だった

（三郷発全国の「赤旗」配達の仲間へ）

朝やけの歌

2016年

新しい年（1月3日）

窓を開ける
空に弓張り月がかかっている
星も輝いている

今年最初の配達、配り初(ぞ)めだ
同じ時間帯に「赤旗」を配っている
全国の仲間たち

おめでとう！
新しい年のあいさつをおくる

スマホを見ると三郷の気温は1度
吐く息が白い

眼鏡が曇る

北海道旭川の仲間よ
そっちは零下4度、雪だね
ふるさと新潟の仲間よ
雪は降っていないようだね
京都の仲間よ
気温5度、快晴だね
福岡の仲間よ
気温9度、曇りだね
沖縄の仲間よ
24度で曇りだね

ところも天候も違う
全国の仲間たちよ

さあ

出発だ
自転車のライトが暗闇を切り裂く

ポストになっている苗村京子前市議宅
部数を確認していると
車が止まった
降りてきたのは苗村さんだった
もうＢコースを配り終えたのだろう
「今年もよろしくお願いします」
「こちらこそ」
短いあいさつを交わす
昨年、県議選候補としてたたかったが惜敗した
心に期するものがあるに違いない
どこか張りつめた声だ

５丁目から配り始める
玄関ドアに松飾りを留めている読者も少なくない

ああ、世の中は正月なのだ
晴れやかな気分になる
だが、松飾りどころか
食べるものにも事欠く人々もいることを
忘れてはいけない

3丁目の3階のHさん宅へ
駆けあがろうとしたとき
暗闇に突然大きな声が響いた
びくっとしてふり向くと
携帯電話で話している若者がいた

5時過ぎ
散歩する人
ジョギングする人
早くも駅へ向かう人

やがて夜が明ける
魅惑的な茜色の光が空を覆うだろう
人々の日常が始まる

今年はどんな年になるのだろう
「戦争法廃止、暴走ストップ・政治転換
チームワークで８人全員当選めざす」
「赤旗」１面トップ記事の見出しだ
全国の仲間たち
戦争法廃止の国民連合政府をつくるために
参院選で躍進するために
今年も気張っていこうぜ！

苗村兄弟

（1月10日）

「赤旗」配達は
日々多くの人びとによって
支えられている

党員、支持者、その家族
男性、女性
会社員、主婦、年金生活者
そして高校生や大学生

苗村京子前市議の
長男・泰平君、二男・幸平君兄弟も
有力な配達者だった

中学生のときから母の配達を助け
高校、大学を通して配達し続けた

リリー、リリー
目覚まし時計の音で跳(は)ね起き
雨の日も風の日も
暑い夏も寒い冬も
眠気眼(まなこ)をこすって配達した

配達を終えると
少し仮眠をとって
学校へ急いだ

配達は
おとなでも忍耐とねばり強さが求められる
成長盛りの息子たちにとって朝は眠い魔の時間帯
それでも配達を終えたときのあの達成感と爽快(そうかい)感

兄弟の今後に大きな自信と財産になったに違いない
苗村京子さんは議員活動をしながら
この2人の息子を育てた

議員活動は昼も夜もない
相談活動などで帰宅が夜中になったり
選挙になれば〝戦争〟で食事も一緒にできない
運動会のときも途中で帰らなければならなかった

夫の光雄さんも党東部南地区委員会の勤務員
夫婦ともども超多忙な日々をおくっていた

「主婦党員のみなさんには本当にお世話になりました。選挙になれば毎日、子供の食事も一緒につくっていただいた。私も息子たちも地域のみなさんに支えられ、育てられました」

泰平君（30）、幸平君（28）兄弟は立派に成長し
泰平君は埼玉土建に勤務、秋には結婚するという

大変だったけれど
二人とも親の背中を見て自立してくれた
ああ、これで子育てが終わったのかな

苗村京子さんは
息子たちとの年月を思い浮かべながら
今朝も「赤旗」配達に出かける

アメリカ大使館

「赤旗」は日々
さまざまなところに配達される

日本政府の中央省庁が集中する霞が関に近い
東京都港区には各国の大使館が多い

アメリカ大使館
正式名称「駐日アメリカ合衆国大使館」もその一つ
1万3千平方メートルの広大な敷地（日本国有地、格安の賃貸料）
機動隊による警備は、ものものしく厳しい

そのゲート前に毎日早朝
「赤旗」宣伝カーが堂々と止まる

車を降りた人の手には「しんぶん赤旗」
ゲートで厳重なチェックを受け
あいさつを交わし受付に手渡す

日本共産党は
アメリカとアメリカべったりの安倍自公政権を批判し続けている
戦争法然り、ＴＰＰ然り、沖縄の新基地問題然り
〝亡国亡民の政治〟を、おれたちは許さない

そうしたたたかいを国民の立場で機敏に伝える「赤旗」は
アメリカ大使館にとっては
第一級の情報源、必読紙に違いない
「赤旗」は何も隠さない、何も恐れない

　政治が大きく変わりつつある
　その手ごたえが確実に伝わってくる

毎日の「赤旗」が楽しみだ

配達者の一人、元沖電気の佐藤敦之さんはそう思いながら

週2日、「赤旗」宣伝カーからアメリカ大使館前に降り立つ

ふるさとの冬（1月18日）

いやに静かな朝だ
カーテンを開けると
雪が積もっていた

この冬初めての雪だ
外に出て、定規ではかると8センチ

今朝のAコースの配達者はOさん
Bコースは Hさん

Oさん
大丈夫でしたか
1週間ほど風邪を引いていたはず

卵酒でも飲んで
温かくして寝ていて下さい

全国の配達仲間たち
大変だったね

関東甲信越、東北、北海道などで大雪警報
東北、北海道は60センチから80センチの積雪
埼玉所沢では自転車に乗っていた女性が転倒し腕を折った
雪のため各地で転倒、けが人続出
車がスリップして横転したところもあった

今夜からあす朝にかけて
とくに北海道は120センチから180センチ積もるという

ふるさと新潟はどうだろう
あすは暴風雪だというが

豪雪の高田あたりでどのくらい積もるのだろう

越後・新潟は雪国
半年は雪の中だ

托鉢（たくはつ）の詩人、良寛の歌
（略）冬夜長し、冬夜長し。冬夜悠々（ゆうゆう）、いつか明けん。
ともしびに焔（ほのお）なく、炉に炭なし。ただ聞く、枕上夜雨（ちんじょうやう）の声

同じく越後出身の歌人、宮柊二も詠んでいる
空ひびき土ひびきして吹雪する
寂しき国ぞわが生まれぐに

宮は一兵士として戦争に駆り出された。こんな歌もある
中国に兵なりし日の五ヶ年をしみじみと思う戦争は悪だ

そして、ふるさとといえば「母さんの歌」

母さんが夜なべして
手袋をあんでくれた
木枯らし吹いちゃ冷たかろうて
せっせとあんだだよ

母が逝って41年
父が逝って67年
冬になるといっそう望郷の念が募る

冬は望郷の季節
冬は人恋しくなる季節
冬は春を待つ季節

北の南の、西の東の
全国の配達仲間たち
かならず春はくる
おれたちの心は一つだ

殉職（1月24日）

ひとりの日本共産党員が尊い命を失った
「赤旗」配達中の交通事故だった

この日配っていた「赤旗」の
14面下段に一段の訃報記事が載った

宇都宮洋治さん（うつのみや・ようじ、岩手県東部地区）
23日、「しんぶん赤旗」配達中の交通事故で死去。80歳。
葬儀は、25日午前11時30分から、上閉伊郡大槌町末広10
の11の江岸寺で。喪主は長男、衆治さん。62年入党。党
支部長。桜木町老人クラブ副会長。

幾度か読むうちに

涙があふれて
文字がかすんだ

「交通事故」の詳細は分からない
車同士の事故なのか
車と自転車の事故なのか
あるいは急死だったのか

おれは宇都宮さんに
会ったことはない

いや、会っていた
つながっていた
「赤旗」配達の同じ時間帯に
埼玉県と岩手県の距離空間を超え
会っていた
亡くなられた、きのう23日も

会っていた
つながっていた

おれは
人生と共産党員の大先輩、宇都宮さんに
思いを馳せる

党歴54年
入党は26歳
以来、どこでどんな活動をしてきたのだろう
亡くなるその日まで党支部長として
地域の党の〝顔〟として
地域住民に献身してきた

大槌町は
2011年3月11日の東日本大震災で
地震と大津波、それによって発生した火災に見舞われ

壊滅的な被害を受けた

町庁舎の1、2階を襲った津波に呑みこまれ
町長をはじめ多くの町職員が消息を絶った
多くの町民が家族と家を奪われた
死者861人、行方不明者421人

3月11日
宇都宮さんの家族は、家は
近所の人たちは
党支部員や「赤旗」読者の安否は

宇都宮さんは
支部員と町民を励まし
いち早く救援に起ちあがっただろう

あれからやがて5年

町の復興を願って懸命に働き
先の見えぬ国の施策を怒っていただろう

その粘り強い活動が
永久に止まる瞬間
宇都宮さんの脳裏に何が浮かんだだろう

　もう一度生まれ変わっても
　またこの道を歩く
きっと、そう思ったに違いない

2番目の宇都宮さんが
3番目の宇都宮さんが
バトンを引き継ぎ
もう走り出しているだろう

全国の「赤旗」配達の仲間たちよ

宇都宮洋治さんの党員人生を称(たた)えよう
大槌町の墓前へ
鳴りやまぬ拍手の花束をおくろう

大寒波
（1月25日）

大きい名残りの月が
マンションの向こうに
居座っている
天気予報は当たらなかった
今日は雨ではなく快晴に違いない

日曜日の今朝
おれの友、坂本志郎は
あの海辺の町で
日曜版を配っているに違いない

彼は北海道・羅臼の
4期目の共産党町議だ

移住して苦労の末に当選した
大陸的で情のある、粘り強い男だ

久方ぶりの電話のなかで
真冬の「赤旗」配達のことが話題になった

日刊紙は諸事情で郵送
日曜版は車で配達
約2時間、40キロをひた走る

羅臼は「知床旅情」の町

♪知床の岬に　はまなすの咲くころ
思いだしておくれ　おれたちのことを
飲んでさわいで　丘にのぼれば
はるか国後(くなしり)に白夜は明ける

「知床旅情」に冬の歌詞はない
冬は夏とは打って変わり
さびしくも荒々しい風景になる

海はごうごうと鳴り
雪も積り
強烈な風が吹きすさび
気温も零下10度になるという

「この辺はまだあったかい方でね。
北海道にはもっと寒いところがたくさんある」
彼は寒冷地の配達者を思いやる

彼との電話を反芻（はんすう）しながらペダルをこぐ
今朝も何ごともなく
無事に配達を終えた

帰宅後
テレビをつけて驚いた
北海道もさることながら
西日本、北陸を中心に日本列島を
この冬一番の寒波が襲っていた

鹿児島県奄美市では115年ぶりの降雪
長崎市では観測史上最多の17センチ
兵庫県香美町では零下10・2度を記録したという

寒さに凍えながら
雪を踏みわけ踏みわけ
一刻も早く読者の手へと
一心無心に配り歩く
全国の配達仲間の姿を
おれは思い浮かべる

創刊記念日の朝（2月1日）

昨夜は遅かったが
4時に目が覚めた

気温2度
漆黒の中を
自転車のペダルを踏む

今日は「赤旗」創刊88周年だ
全国の「赤旗」配達の仲間たちよ
ともに祝おう
追想しよう

絶対主義的天皇制の弾圧の嵐のなかで

「赤旗」（せっき）は産声（うぶごえ）をあげた

88年前のこの日
天気は
空の色は
風向きは

88年前のこの日
誰が「赤旗」の、謄写版のガリを切り
誰が地下の印刷所で印刷し
誰が読者に届けたのだろう

88年前のこの日
誰がどこで「赤旗」を受け取り
どんな表情で
何を思い
むさぼり読んだのだろう

「赤旗」をつくる人
「赤旗」を配る人
「赤旗」を読む人

闇に暁を抱いた人びとの
緊迫した息遣いが聞こえる
誰も命がけだった

「赤旗」は厳しい弾圧の網の目をくぐり
靴の敷き皮の下や工具のなかに潜ませ
労働者や農民の手から手へと渡された

「赤旗」と共産党の
勇敢な活動を恐れた天皇制政府は
全国いっせいに大弾圧を加えた

３月15日
１６００人におよぶ共産党員と支持者が検挙、投獄された
小林多喜二は『一九二八年三月十五日』で
その非道な拷問を生々しく告発した
４月16日
またもや全国的な弾圧
約３００人を検挙、投獄し、拷問を加えた

「赤旗」も休刊に追い込まれた
だが「赤旗」は不死身の生命力をもっていた
ふたたび昂然（こうぜん）と姿を現し
天皇制政府を哄然（こうぜん）と笑った

全国の配達仲間たち
それから88年
おれたちは
その歴史ある「赤旗」（あかはた）を日々配っているのだ

「赤旗」はいま
まぶしいほど光り輝いている

本日付3面に掲載された「創刊88周年　私と『赤旗』」
各界から8人が「赤旗」への信頼、共感、期待を熱く語っていた

「いまがスタート地点。
また一歩ずつ、これからも手を携えて」
俳優の奈良岡朋子さんの言葉が忘れられない

全国の配達仲間たち
そう、いまがスタート地点
また一歩ずつ歩もう！

（三郷発全国の「赤旗」配達の仲間へ）

あとがき

今年2016年2月1日
「赤旗」は創刊88周年を迎えた

その創刊の辞（1928年2月1日）抜粋
「日本共産党の中央機関紙『赤旗』が、ここに生まれた。決死の覚悟を以ってブルジョワと闘争する革命的前衛なくして、労働者貧農の真の階級的勝利はありえない」
「わが『赤旗』は、諸君自身の機関紙である。諸君のあらゆる革命的闘争は、最も敏速に最も尖鋭（せんえい）にこの機関紙に反映させねばならぬ。わが『赤旗』はプロレタリア階級軍隊の進撃の先頭になびく軍旗である」

言葉づかいはあの時代のものだが
反戦平和への

あとがき

烈々たる気概と不屈の精神は
読むたびに胸を熱く高ならせ
勇気と誇りを与えてくれる

「赤旗」（当時せっき）は
日本共産党への激しい弾圧の中で
幾度か休刊に追い込まれた
だが、不死鳥のようによみがえった

それは
「赤旗」を手にするだけで検挙、投獄された
天皇制軍国主義の暗国の時代にあっても
読者が待っていたからに違いない
命をかけて配る人たちがいたからに違いない

1人が倒れれば10人が立ち
2人が倒れれば20人が立った

ふたたび戦争へのきな臭さがたちこめる今も
風の日、雨の日
炎天の夏も　雪の降り積もる冬も
真実と希望を運ぶ国民共同の新聞「赤旗」（あかはた）は
全国の多くの名もなき英雄たちによって
1日も休まず中断することなく
確実に読者に届けられている

その配達は
小さなドラマに満ち満ちている

配達者のひとりとして
全国の配達仲間とともに
その労苦と献身を
称（たた）えあい、励ましあいたかった

あとがき

そんな思いで
折りおりの町の風景、四季の移ろい、時々のたたかいを
ここ3年間メモ的に綴ったのがこの詩集である

詩を書くのは初めて
果たして詩といえるのか、心もとない
けれども
「詩は誰にでも書ける。詩を書く人はみな詩人だ」
と励ましてくれた詩人・鈴木太郎氏の一言が
出版へ背中を押してくれた
心からお礼を申し上げたい

2016年2月1日　「赤旗」創刊記念日に
埼玉県三郷市にて　玄間太郎

●著者略歴

玄間太郎（げんまたろう）

1944年、新潟県三島郡出雲崎町生まれ。「赤旗」記者42年。著書に『青春の街』（本の泉社）、『車いす　ひとり暮らし』（共著、本の泉社）、『少年の村―出雲崎慕情』（日本図書館協会選定図書、本の泉社）、『起たんかね、おまんた―天明・越後柿崎一揆』（日本図書館協会選定図書、本の泉社）、『黄金と十字架―佐渡に渡った切支丹』（第9回新潟出版文化賞優秀賞、東京図書出版）

現住所　〒341-0018　埼玉県三郷市早稲田7－26－2－301

ドキュメント詩　朝（あさ）やけの歌（うた）

2016年5月1日　　初版第1刷発行
著　者　玄間 太郎
発行者　比留川　洋
発行所　株式会社　本の泉社
〒113-0033　東京都文京区本郷2-25-6
TEL. 03-5800-8494　FAX. 03-5800-5353
http://www.honnoizumi.co.jp
印　刷　音羽印刷 株式会社
製　本　株式会社 村上製本

ISBN978-4-7807-1273-5 C0092